ヱリカワァルド、ご賞味あれ

飛んでけ!!

さらばよ…。

メランコリィ

エリカ

のら猫メランコリィ

内田エリカ
Uchida Erika

文芸社

のら猫 メランコリィ
―目　次―

第一心★のら猫

のら猫×のら人間

汚れきったからだ
ゴミ箱をあらす猫
そんな猫　ゴミ扱い

金持ちに飼われた猫はさぞかし幸せだろ
でもよ、のら猫の人生だって捨てたもんじゃないよ
走れる足、鳴ける声…あるじゃないか

惨めと感じるかもしれないケド
我が道を突っ走るかっこイイ、のら猫

人間だって同じ

のら人間こそ　強さを持ってるんだ
その足と腕と孤独な心　抱えて
我が道、突き進め

僕の宇宙

ココロから…
ココロからぁ…
強くなりたいから、頑張ってる。
でもよ。。
自分の限界を知るのもいいコトだと思った。

ウラギリ努力

幼い頃から

才能なんかなくても努力次第で

なんとかなると思ってた。

ーそれでも努力に裏切られたー

努力なんてもうしないって誓った。

でも…

私の毎日は努力なのかもしれない。

やっぱり諦めない

やっぱり諦めない

期待ゴォルド

期待するから裏切られるんだ

はじめから期待なんかもうしない！

・・・・・・。

それでも心の奥で小さな期待を抱くのは

人を信じてる（証）なのかもしれない。

距離にお礼。

・ずっと探してる居場所
・しあわせのカタチ
・理想であるすべて…。

手をのばせば
届きそうなのに
届かない
あとわずかな距離へのもどかしさ。

必死に手に入れようと
できる限り手を伸ばすけど
変わらず明日がやってくる。

だから生きていける。

誓いの果て

私ならできると思った。

これからもできると思った。

∞《ムゲン》。

生きていれば無限大
何もかもが無限大
死んだら無限大が０
今　生きていれば
可能性は沢山ある
ただ見失ってるだけ
安心しなよ
ただ見失ってるだけなんだから

°。° サイダァ 。°。

みんなピリピリしすぎなんだ

たまには綿アメみたいになってみなよ

新しい気持ち生まれてくるから

ゆらゆら大実験。

やっと解決したコタエ
空を見上げた瞬間
飛んでってしまったよ

ーまた前に戻っちゃった…ー

嗚呼、僕の答えは何処へ…？
ミルクでも飲んで
またはじめなくちゃ

僕の大実験

虚像孤独。

寂しくないヨ。
自分で精一杯だから
ひとりじゃないヨ。

人間だから

変形。

だんだん変化してく気持ち,..

たまに一歩さがってもいいから

このまま変わっていきたい。

涙ポロリ。

自分が不甲斐ない
悔しくて
悔しくて
悔しくて
ぼろぼろ涙が出てくる
最近なんて毎日だ
負けず嫌いな私だからこんな事になるんだ
焦れば焦る程　空回り
どうすればいいかワケわかんなくなって
涙がでてくる
それでも『絶対勝ってやるんだから！』って叫んで
涙を拭きながら　また戦いはじめるんです
あきれちゃうくらい負けず嫌いなんだナァ。

存在アワー。

先を考えると
ぼんやりしか見えない
悲しくなるょ○

私はイラレルのか恐くなった。

だから
今は今の事だけ考えましょ

明日に繋がるように
今だけを感じて

ひとりぼっち

ひとりぼっちでも平気だよ
あたしは生きてるよ
たまに泣いたり落ち込んだりするけど
あたしは今此処に生きてるから平気だよ
ひとりぼっちでも生きてゆけるよ

キリなし人間

ヒトって不思議。

一つの欲が満たされたら、また次の欲を見つけてしまう

それでその欲が満たされないとイラついたり悲観的になったり…

そんなの自分で造り上げて自分で自分を追い込んでるだけ

ヒトって無限。

ヒトって欲張り。

私だってそうなんだ、きっとね。

でもいつか気付くはず

〔自分にとっての普通が幸せ〕ってコトを。

光る森。

何時の頃からか
あたし自身
あたしの思想と、この世界とのギャップに違和感を感じた
誰をも何をも拒むあたしは「間違い」？
落ちるだけ堕ちた
光さえ差し込まない
深い不快森の中、何故か暖かかった...
其の空間であたしはあたしを求め知った
ーこの汚い世界でどこまで純粋でいられる？ー
暗闇で手に入れた輝く力で自分を守ろぉ
霧の中のように見失いそうになっても
此処にイタイ
永遠に今という森を見つめていたい
彷徨い続けても
あたしのまま
誰も届かない光に辿り着くんだから
信じて今をこれからを駆け抜けよう

単純明解

目の前にある全てをただひたすらこなす

それをワザワザ無理難題にする事ないよ

簡単な事、難しくしないでいいんだよ

そのままを受けとめて

そのままのカタチ見つめて

それでいいの

それだけで君はいいの

ただ、その瞬間を笑って生きてほしいんだ

シンクロニシティ。

ひとりぼっちなんかにしないでください
干渉や束縛は大嫌いなのだけれど
寂しさには慣れません

マイペェスがよろし（焦ってしまうケド…）
自分は自分でよかった（心から思えるケド…）

人と比べてた過去
バイバァイー。

スプリング作戦

不安感とかどーしようもない感とか
抱きまくって頭から離れない

そんな私は自転車に乗って風をきりまくる

桜の木の下を猛スピィドで突っ走る

坂道をブレーキかけずに突っ切る

春風と戯れて　通りすがる人を見る

今日は今日しかない
明日は明日でどーにか生きてけるはず

—今できるコト、今できないコト—

私はその小さな範囲でしか今は生きてくしかないけど

それでも時間は過ぎてくから

《それなり》に生きてたいよ

カラァ。

赤　>　ピンク
青　>　水色
原色　>　混色
有彩色　>　無彩色
人間　>　私

まちがった式デス。
全部全部世界でたった一つの色
私だって世界でたった一つの色

湿気

蓄積してしまった
グッサリ心の痛み
それは身体の痛みとして
私に現われる

全てを逃避したい感情が
眠気を誘います
重苦しいこの孤独派空間は
私を押し潰す

くだらないTV番組　イラついて
　　　　　　　　チャンネル　ぷちんっ

生きてるよ、この痛み
戦ってるよ、この苦痛

なんだか自分の存在がでっかく思える
　　　　　　　　ジトジトした午後の心模様

微笑んでみた

笑顔は湿気とりになって
カラカラな空間つくった

だから、自信持って笑いました

スキップ♪

逃げてるワケじゃない！

すべては自分のため

あたしのコォスはゆらゆらコォス♪

ラララ♪　スキップしてゆっくり進んでいこぉ。

me羽《みーは》。

いつかみてた心の空の夢達

（綺麗だわァ～,,,）

このまま保てるかな？

（たまに見失いそうなんだってば）

このまま走れるかな？

（埋もれたくないケド…

埋もれたい部分もあって）

このまま生きれるかな？

（矛盾ばかり抱えてるけど）

あたしとあたし

誰も誰もが歪んでしまっても

自分だけは真っ直ぐで生きたい

生きたい　いきたい　イキタイ　逝きたい？

生きたい。

ネガポジ

ネガティブなココロ

持っていいんだよ

人間なんだから。

鳥篭唱歌

「あたいは簡単に全ての願いが手に入るんだァ…」
そう思ってた幼き自己中ちゃん
それは突然の絶望に変身した

痛みをココロに染み込ませた時
あたい何手に入れたァ？　何失ったァ??
生まれ逝く時間の鳥篭の枠
幾つの光と闇を見てしまうの
絶望の底に在るモノはあたいだけの秘密だヨ！

誓う、誓った　　変わらないままのあたい
戸惑いながら大人になるケド…
汚い事　知ってしまうかもしれないけど
決して流されないで…　あたいはあたい☆

きっと咲けるはず
この苦悩越えた先　見えるモノって何だろぅ？
(ワクワク・ドキドキ・不安…!?)

絶対この眼で見る！　絶対越えてみせる！
見えないモノでも信じるよ
見えないモノでも守り通すよ

でっかいパワァ此処に宿った★☆★

ぴか

一つだけ
一つだけでも小さな光見つけたとき

人間というものは
輝きだす

探険家

もっとさ
もっとね
周りに目を向けてみたら…

新しい「何か」発見できそうな気がしたよ

未来がほしいと思ったよ

汽　笛

ダルかったら休みなよ
ムリして動く必要はないのさ

少し前向き気分見えたら
軽く動いてみなよ

キモチのまま歩いていけばいい

不安も恐怖も背負ってる君だろうけど
本当はもっと違う大事な何かを手に入れてる事、
忘れないで

君ならできるって信じ続けてるから

明日に怯えなくていいんだ

安心して　　生き抜いて
生き抜いて。

望遠鏡

「今できるコト」より「今できないコト」の方がいっぱいある

今できるコト
精一杯したい
今できないコト
希望捨てない

私は空の先、たくさん見ることできた
苦悩　　悲しみ　　痛み
乗り越えたものは一体いくつになるの？

数えきれない心は此処にあるから
耐えて耐えて耐え抜いた先に見える情景

あたしは見たい

絶対見たい

前向きレンズ。

小さな優しさ
小さな幸せ
貴方はどれだけ気付いていますか？
素直に受けとめられず、
誤解してとらえていませんか？

一瞬の暖さは一瞬の輝きです
だから心の奥に閉じ込めて
忘れてしまうのですね
だから見落としたりしてしまうのですね

視野を広く広くしてみましょう
――――――――――…
踏み潰された雑草や枯れかかった花でさえ
綺麗に見えてきませんか？
強く見えてきませんか？

物事を素直に受けとめるだけでいいのです
単純な事を難しくする必要はないはずです

今日できなくても
明日できるかもしれないんです

空から地へ。

その空からここへと戻っておいで
恐くないよ、
地につけばどんな人間とも繋がりあえるんだ。

ココロ砂丘

NEWS速報

ー僕の心が砂漠化現象になりましたー

今すぐニュース速報で君にお伝え

激しく強い風が僕の心に吹いたら、
僕の心の砂はみんな飛ばされ離れてくんだ
そしたら僕の心はカラッポになるんだね…

もしもだよ？
本当に砂が僕の心から一粒でも無くなったら、、、
僕もなくなる!?
イヤダ　いやだ　イヤダ　いやだ　!!
だったら乾いててもいいから、離れないで！

約束するから
いつか自分の力で潤った大地を造り上げる
そしたらまた、君にニュース速報でお伝えするヨォ

音楽感謝状

少しばかり眠る行為に怖さアリ
ボリューム大で誰かさんの優しい声
(るんるん♪　脱力気分) ←それも一瞬, ,

「やっぱりもうダメ」って
自分より頼りないクスリに手を伸ばす

心臓が音楽よりガンガンして
私に何かを問いかけてんだ
　　　　　　　　　　　　　嗚呼ァわからない!!

私の頭ん中は　考える余裕もないくらい
いっぱいの感情共で　隙間ナシ

限りなく響く音楽と心臓

(生きてる, , , !!)

なんだょ、最後に行き着く場所って
　　　　　　　　　　　　いつもココじゃないか
そう、生きてるからこうやって全部感じとれる
感謝を覚えなさい!

トワイライト 一赤嵐一

ネボケマナコでも　しっかり想ふ
あたしらしく　あたしらしく
涼しい風と静寂は　あたしを優しく包む
左足から始まる奇跡達
もう手が届きそうなくらい傍にいてくれる
いてくれる

舞ルール。

人間として　生まれ　逝く　使命　誰もが授かった

だけど、私守れない
だから、私守らない

ルールばかりの空の下
自分探し続けて　　わかったコト
一人間として生きる必要なんかナイ一
私の視野で私は生きて
私は私だけで生きて

自由を両手につかんで…
　瞬き　　くしゃみ　　スキップ

私だけの使命果たすまで
迷わず　　許して　　空仰いで

私らしく灰と化すまで…
　呼吸　　笑顔　　背伸び

どんな人間でもない「私」として…

生きて　　生きて　　生きて。

空になるまで

患者の思想

ビョーキになったコト

後悔しなくてよいのだ。

ビョーキになったコト

自分のプラスにしていこう。

夜明け前

毎日がスタァトだから

毎日に可能性は転がってるから

見つけたもん勝ちだよ。

空鏡レタァ

空鏡見上げて　心揺らぎ
見当たらない幸せ　捜し続けた純粋
去り逝く風を睨んだ

（教えて）神様
（与えて）神様

私が私で生まれてこなければ。
私だからいくら捜し続けても見つからない。
私が幸せ捜しをするのが間違い。
――――――――――…

…違う!!　どれもこれも全然しっくりこない。
多くの事は望まない、少しの痛みなら我慢する。

『全部わかってるじゃないか』
空鏡は神様に代わって囁く

今　見つからなくてもいつか出会う。
だって　そんな心、見捨てちゃいないから。

幸せ見つけよう
幸せ見つけて
空鏡の便りで。

虫式。

不安虫、くっつき廻る
日々あと一歩が踏み出せず…涙
今までの苦悩の破片できる限り集めて
両手いっぱいになっても
恐がり虫、私の心つっつきやがる
でも負けず嫌い虫疼きだして、
背中ちょこんと押された

その時覚えたのは《勇気》というものでした
偽物なんかぢゃない本物なんだ
今　この手にしっかり握った勇気
絶対離さないで
絶対活用させて

苦悩を知りすぎた少女
勇気を心に詰め込んで、生きる術を学んだ

いつか不安虫なんか潰せるさ

私の歪んだ方程式
だんだん崩れて
真実の方程式できてく

白黒ライフ。

なにげない今日が
さりげなく幕を閉じる

ー私は,,これで満足？ー
繰り返し自分に問う

このままの私で
またさりげなく明日の幕を開けて
なにげなく生きてしまうのかな

膝こぞうをブツけた。

キッカケはそこらじゅうに転がってるはず
いつかみえるヨ、私なら

知りすぎた空

冷たい蒼の昼間の空

血だらけ朱の夕焼け空

真っ暗闇の夜中の空

空はすべてを知ってるみたい。。。

いつも無限の寂しさ抱えてる

「独りじゃないよ」って囁いてる

笑　顔

人を幸せなキモチにしたり、
人に笑顔をうつしちゃったり、
勇気や元気をくれたりする
笑顔の持ち主は、
苦悩を越えた人間しか得られない、
素晴らしい『証』なのです。

心の引っ越し

不安の津波警報発生
私は笑ってたいから必死で逃げる
だけど津波は私をのみこんだ

笑顔を殺し　　涙を与え　　夢を絶望に
憂鬱と錯乱の世界へ…
明日を拒まざるをえなかった

でも大丈夫　　きっと平気　　安心して
ココロはずっと止まったままではいらんない
人のココロはいつも何処かへむかってる
哀しみの果て…　　幸せの彼方…
どんな場所にでも踏み入れる強さ持ってる
絶望の底に足が付いたら、あとは上がるだけ

ココロは日々変わりゆくものよ
今日だけですべてを決めないでいい

変われるよ、ココロ。
変われるよ、自分。

脱・自閉

もっと

・自分の弱い部分とか
・自分の深い心とか

ちょっとだけ

見せてみてもいいんじゃないかい？

目　。

許せない一人間一

私の目から見える光景
淀んで濁った人間社会

違うよ、違う。

あたしのココロの目で世界を見なさい

あたしは人間世界を変える事はできない
だけど
あたしはあたし自身を変えられる

目に映る光景だけが全てじゃない
ココロの目に映る光景が真実だよ

ココロの目で見て
この世界全てヲ。

落書き

誰とでも比較する私
　　　　　　　　　嫌いょ,, 嫌い大嫌い

私を追い込んでくわたし
　　　　　　　　　だめょ,, だめダメだめ

ちょっとネ　　　　　ちょっぴりダケ
間違えちゃった日
マイナス思考な日

そんな記憶は
消しゴムで消してしまいましょ
それでもアトが残ったのなら
記憶の上に落書きしましょ

どんな日だってなんだって
取り返しはいくらでもつく

だって
生きてるょ,,
生きてる, 生きてるから。

日めくり。

午前０時前

あたいは日めくりカレンダァを

無性にめくりたくなる

せっかちサン...

今日はまだ終わってない

明日は必ずやってくる

そんなに焦らなくてもいいょ

宝の山★宝石箱

ずっと鍵をかけて
ずっとフタは閉まったまま
ずっと宝石は綺麗なまま
箱の中でひっそりと輝いている

ねえ、このままでいいの？
閉まったままで幸せなの？

だれかに見つけてもらうのを
ずっと待ってるコト、忘れないでね…

約束言葉

憎らしい位　鮮明な記憶ドモ
その記憶一つ一つにマトワリツク
「世間体・社会性」

私は誰より弱かった

子供の頃から怖かった、はみ出し者にされる事…
だから潰した（思想・ポリシー・ココロ・自我）
気付いた時には自分なんかこの世に存在してなかった
無アイデンティティの自分に自信の欠片もなかった

でも、いつの頃か
私は私を追い求めた
そして知った、自分の弱さ醜さ…強さ
その時誓った《私は誰でもない私で生きる》
私色に染まるこれからの我が道

はみ出し者の私、胸はって堂々と…
燃え尽きるまでひたすら生きるんだ

ホラ、遠く君に見えるのは私だよ

羽 $\frac{1}{10}$ 枚。

10個のうち、1つもできないのが
当たり前

10個のうち、1つでもできたら
もうけもん

欲張りは悲しみの始まり

舞い降りた奇跡に身を委ねて笑おう

人間パワァ☆

自分次第で

どんな方向にも変われる力

人間にはあると思うょ

操り人形。

透明な何かに怯えて
見えない何かに操られていた

時間の流れに任せたら
糸はプチッと切れて
私はようやく地に足がついた

この足で挑まなきゃ
この想い消える前に

怖がりなままでイイ
怖がりなりに行動を

もう操られないように
幻なんかで終わらせないように

奇跡時計

チャンスとタイミングが重なったとき
奇跡は必ず起こる

無邪気・邪鬼

あの頃は疑いなんて言葉知らなかった

ただひたすら信じてあげられてた

ギュッと手を繋いで離さなかった

おんなじ私なのに

どうして今はあの頃簡単にできてた事が
ひとつもできなくなったのかな

いつかどこかに置き忘れてしまったモノ

今　やっと気付いたよ

もう大丈夫

きっとまたあの頃のように

微笑んでギュッて離さないようになれるから

あか鳥

今までのけじめ

未来への出発

過去をもう悔やんだりしない

きっと飛べる

きっと飛べるから

第二心★鬱

感情パラダイス

もぉ、コントロールは完全に不可能。
私は私に狂ってくぅ――――――
私は私を止めることはできない。

これが真実の私？

未遂。

ココはドコだろう…
目が覚めたら暗闇に包まれた自分がいました

真夏なのに寒いょ、寒い
おばけが出そうで恐いょ、恐いんだ

お外に出して、神様

僕はただ他愛もない青空の下を
無心にカケッコしたかっただけなのに
…ね。

人間不信

誰かと居ると笑うコトができた

でも、その誰かを信じるコトはできない

はみだし通路

殺した…

私の中の歪んだ世界
自分から苦しみに突っ走った。
本当は後悔したりもしたけど
私の歩幅も道も、その一歩一歩も
不透明だけど誇れるように

自分くらい守れる人間になりたかった
私は今、どれくらい自分を守れていますか？

過去のカタチ。

過去はすぐに去っていくモノ…
今でさえ過去になってしまう。
だから…
ボーッと生きてちゃいけない、
そんな過去は思い出にもなりゃしないから
…何度も何度も自分に言い聞かせたけど
何一つ素晴らしい過去なんて作れない

精神乱舞。

〔副作用！〕　決めつけてやるから

—明日は違う—

消えそうな心

こうしていつまで　　こうしてどこまで
耐える事できるぅ？

元通りなんて思わないで

今って何!?

乱れた精神あたしの中身に詰めてる

壊したい衝動　平気なフリ　真実は頭の中

私は何処へ向かう？
ここでもし倒れたら　　私はどうなる？

すべてが歪みはじめた

永眠枕

ゆっくり目を閉じて
素敵な夢の中に入ったら
—もう一生目覚めませんように…—

光とか朝とかもういらないんだァ。。
不透明な明日なんかいらない！

戦場公園

予測できない未来

私はあるのかな

明日は必ず来るけど

私はいないかもょ

追い付けない現実

私は泣いた

悲しいとかじゃない

悔しいだけ

闘争心むき出した

私は熱かった

あの炎のように赤い日々みたいに

いつか戻れるんじゃないかと思ったら

泣いてもいらんないね

色彩ライト。

毎日が白黒の世界で廻ってる

…でも…
ほんの一瞬だけ鮮やかに彩る

本当に一瞬だから

幸せな気持ちなんてすぐに忘れてしまうケド

秋ゴコロ秋風

目を閉じた瞬間
浮かび上がる情景は
悲しい過去や
楽しい過去。
今を生きてるのに
今を想えないのは
何故なの…
何故なの？
みじめなアタシよ…
秋風と共にとんでけえぇぇ………。

非・ドラマ化

からっぽの過去と

無表情な現在《いま》と

光なきスクリーンの未来を

手に入れるのデス

スポットライトはアタシには向いてくれません

演じましょうか？

悲劇のヒロイン☆☆

甘味なココロ

シトラスの中で

アタシだけ

キャラメル味

アタシだけ

違うのネ…

未完成なラファエロ

声が震えた。
指先が震えた。

あたしが描く　　サン・システの聖母
　　　　　　未完成のまま
　　　　　　　　　　あたしを笑わないで？
あたしを否定しないで
あたしを否定しないで
あたしを否定しないで

どれだけ叫んでも
震えるから。

あたしの未完成…
　　　　　　　　　　　　ずっとそのままで。

イツワリ病

偽りの感情

喜　怒　哀　楽

私の偽り

○　△　×　□

もう自分をコントロールできない

潔癖

全てを拒絶した私

世の中いらないモノばかり抱えて狙ってる

醜い欲を出してまで何をそんなに欲しがる

壊してしまいなさいよそんなモノ

気付きなさい愚か者

無意味な欲望ドモ

さぁ、逝きな

見届けるのは誰

私はただただ

壊したいのだよ　　全てを

空、再び。

やっぱ寂しい

わかってたけど寂しい

どこにいるんだよ

もうあの空間は夢物語…

発　病

どぉして止まらない

奇形思考回路
悲哀被害妄想　トカ

誰が私に語ったの　―頭では理解―

そんな夕方の今日

（記憶すら消えてしまっても構わないから）って

心で３回ほど　呟いてみました

誰に伝えたいわけでもないのだけれど…

ワガママな病。

無理だって知ってるくせに
全てを手に入れたいと願う私
一生懸命手を差し伸べるけど
いつも何も手に入らない
知るのは悲しみだけ
わかってるのに
何度も繰り返してしまう
何もない
虚しくなるだけ
それでもワガママは続いていく
今となっては、
一番手に入れたいものさえわからなくなってる
ただ全てがほしい

粉末精神パレェド

背伸びした心
それは道徳の教科書のようだった
醜い欲望のパレェド
独りぼっちの弱さは円を描く

此処に生きてどれだけの形創り上げた？
そしてどれだけの形崩した？

歪んだ世界　意外に心地よい
弱さも哀れな姿も綺麗で痛い

透明な価値・不鮮明な未来
歪んだ枠の中、何求めてる

私はいつだって赤く赤く痛い《居たい》
神様、祈りは届く？

生きる価値　　死ぬ美化
それでも蜉蝣にはなりたくない矛盾

私は塞いだ、心も姿も
解き放ちたくて　祈るばかり
輝きを差し伸べて
生死を愛しく想おうか

◇セイシンセカイ◇

体力　－30℃
体調超最悪
自信の欠片ナシ
超イライラ
脳はパンク中
心、平静装いぎみ
年中無休インフルエンザゴッコ
そんな自分もう飽きた
他のウイルスちょうだいよ！

硝子繊維《グラスファイバー》

どこか　　砕けて
どこか　　消えた
どこか　　塞いで
どこか　　ムリした

忘れちゃいないよ

ココロ
トキメキ
サビシサ
コドク

でも
まだ
どっかで

砕けて
消えて
塞いで
ムリした

残酷の残骸

できるだけ想わないように過ごしてる

でも、溜まったキモチが爆発して
　　　　　　　　　　　　涙という証になって出てくる

信じてるはずなのに、信じきれてない

そんな自分のカタチは　―歪―

何かが消えたって時間はいつもと変わらず過ぎ去る

その「何か」がどんなに重要なものでも…

残酷なのは必然的。

そしてこんな事を思う私も残酷のひとカケラ

水死ごっこ。

流れにそって
ただ流されてゆく
流れに身を委ねて
眠る少女
目が覚めたら
楽園にいるはず

逃亡者

イラナイ感情から逃げました
あたしは逃亡者
追いかけてくる真っ暗闇達
あたしは太陽に照らされたいから
走り続けるんだ
たまにくじけそうになるけど
自分自身が助けてくれるはず

不安を抱えながらでも、
ずっとお陽様に照らされてたい

パレェド中の痣《アザ》。

（目前にある事だけを見られればいいのに…）

私は何時も聞こえない位微かな声で呟く

遠くで重苦しい汽笛が鳴るから

そこには〔痛み〕というものがあるそうです

今は唯、マッスグを見て生きられたら…

そう想うが故、涙が止まらないのデスね

乱れるキモチ

何に向かい怒るのさ！
　↓
見えないモノに怒るだけ
　↓
だから反応なんか返ってこない

あたしの独り芝居
孤独な舞台

明日どんな舞台公演をするのですか？

（その前に）明日生きれますか？

この乱れきったあたしは。

沸騰精神。

ずっとずっと知らずに溜めてたモノ
昨日、一気に溢れ出た

君のコトやらあたしのコト、
周りのコトとか明日のコト、
過去のコトとかすべてのコト

ずっとほったらかしにしちゃってたから、
こんなにこんなんになってしまったよ

まるで誰かを演じてるみたいだった

でも　痛くて　寒くて　淋しくて
どうしようもない自分でした

（笑うってなんだろぉ？）

あたしのココロはまだまだ葛藤中なのです

悲愴 —ゆらぎ—

神にも縋る想いの我《ワタシ》

我に縋るものなど無く

失なわれた神でさえ

今はおぼろげで

—この痛み届くだろうか—

我の中、哀れな悲しき我

今、何を想う

生きる希望を失い

死を崇拝する

この姿、

土に還ろうか

自我喪失。

果てなく揺らぐ心模様

消えてもいい　キエテモイイ　キエテモイイ？

日差し嫌いの我儘少女はフラフラ倒れる

貴方に・・
明日に・・
自分に・・さえ

いろはもわからなくなる、この精神

ごみ箱に捨ててアタシ

残骸はあまりにも醜い姿だから

そしてあまりにも綺麗すぎたから

窓際の絶望華

青空を見たかった

だから窓際のカーテンを開けた

あたしの窓は塀に囲まれていた

いや、違う

囲まれていたのは窓じゃない

—あたし自身—

クリィムフィルター

僕に見える無限だとか存在だとか
気になったから
お空の色を確認したけど
素直に青いって思えない
そんな僕の姿は窓硝子の中
左右反対ピンぼけ状態
僕の思想は粒子状になり
砂と混ざってわからなくなった

—僕って何処に在るのかな？—

きゅんとなって
真ん丸石ころ１個投げた

ワガママの声

哀れな目で私を見ないで
けれど私の悲しみを知って
言葉が届く貴方にも
すれ違っただけの貴方にも
全ての人にわかってほしい
ワガママなこの私
いくら言い聞かせても消えない
全部わかってる
矛盾ばかりな所も
全て手に入れたい欲望も
全部全部知ってる
私の心の中で貴方という存在を造り上げて
この世界さえ理想だけで造り上げてきた
でも消えない
孤独や悲しみ握り締めてる私だから
ワガママな私は此処にずっと潜んでるよ
消えたいって祈りながらずっとずっと…

不安神経

もっともっと　神経図太くなって

なんでも平気なくらい

堂々としちゃえたら

こんなに苦しまなくていいのにナァ…

童心　～おもちゃごころ～

ぬいぐるみ
心亡《な》いから
一緒に居て
ラクちん,,,
ご飯の時も
昼寝の時も
いつも傍で
笑ってる
とてもとても
安心だった

僕はぬいぐるみ
いつでも裏切れる
でもぬいぐるみ
笑い続ける

人間ってなぁに？

僕のココロ
空みたいに
虚しくなった

羽根る。

・・・――――――――――――――――。

このまま私は此処に
たたずんでいるしかないのでしょうか

私はもうずっと飛べないのでしょうか

『醜いのはお前じゃない!!』って
でっかい声で叫んでほしい

この希望が消えないうちに
飛べればいいのにね…

影オヴラァト。

ココロの隙間なんて

私が勝手に造り上げた虚像なんだろう。

ココロに太陽の光を当ててみれば

できた影に隙間なんてできないのさ。

本当はわかってるくせに…全部、ゼンブ

どうしてまっすぐ見つめられないかな。

そう、わかってるんだよ全部ゼンブ。

腕

削られて

削られてく,,

刻まれて

刻まれてく,,

痛くなってゆく腕で何を守ろうとしてる？

不安が僕を歪ませるケド、
少し心地いい風が気持ち踊らせる

この腕、どこまで…。

嘔　吐

違う場所へ行ってみたかった

いつだって夢見てる

追いかけて
捕まえたくて
急ぎ足

現実は痛いぐらい変われない

勇気も　不安も　何もかも

最後には吐き気に変わるだけ

ゼロメートル地帯

気が付けば
何もかも失なっていました

気が付けば
夢などありませんでした

自分守るコト　　全部捨てるコト

孤独には慣れたつもりだけど
あたしだって人間
―胸がイタイ―
不安だってへっちゃらそうなくせに
どこか戸惑ってた

何が欲しいとか
どうなりたいとか
ひとつもわからなくなった

時間なら　今だけでいい
先を考えたら臆病なあたし遣ってきた

ココロは現在《いま》此処《ここ》に存在《あれ》ばいい

雨ひと雫。

ちょっと寒いお外なだけに

木も気も倒れそうな雰囲気

支えるチカラはあと、
スポイト一滴たらず

また立ち上がる？

それとも倒れたまま？

それとも倒れさえしない？

あたしの好きにしていいよ。

さがしもの。

マニキュア

ピン

自分

ずっとずっと探してるのに
見つからない

だいすき。

暑い日嫌い　　夏休み嫌い　　虫嫌い,,,

嫌いなモノ、溢れすぎちゃったァ…

見えないネ　　大好きなモノ

ずっとずっと前の事だろぉけど

——————…

こんな赤いあたいにも
大好きなモノ　　あった気がするよ

嫌いなモノに紛れて　見失ってしまった夏の午後です

涼しくなった頃には
見えてくる気がする　見せてくれるはずだよ

アスファルトの先の蜃気楼　　消える頃…

人間論及

人間の理性という名の嘘偽り
私の目に映る情景はいつだって汚い
感化されないよう
見極める力無くさないよう
真直ぐ見つめられたら,,,

置き去りにされた少女は
　　　　　　　　　　　生きる孤独を学んだ。
歩めば歩む程　輝けるというのに、
どうして　　どうして後ろめたい…？

綺麗なままで生きられるだろうか
誓いは　かたい　　心が　淡いだけ

目に映るモノ全てが黒く染まってしまえばいい
現実は私にとって〔痛すぎる色〕

こうして何処まで生きられる
こうして何時まで私でいられる
　　　　　　　　　　　――――――――…。
願いは　おもちゃ箱に詰められた

いつか理解求めて

羅《ラ》　船《セン》

強い孤独に慣れ親しみ
激しい痛みを耐えぬき
人を拒むよからぬ能力を持ち
そんな私は今、
一体何を手に入れようとする

必死で駆け抜けた時間は
ひからび逝く　思い出となり
痛々しい　現実を識る事となった
故に　優しさを覚えるが
不器用な心はそれを活用する術《すべ》はなく…

空の傍へ逝きたくて
螺旋階段を無心で駈け上がる

眩暈さえ優しさととらえては
全ての常識を頭から取り払った

もし私が此処から姿を今すぐ消したら
誰が想い
誰を想う

追いかけてこないで　私の影さえ

カァテン。

あたしの魂カァテンに包ませて

オモテから見えないように・・・

　　　　↓　↓
湿気　と　重圧　の中で
　　　　　↑　↑

　　　　　　　　　　　　　　　息を潜めて

やけに微笑みながら姿を眩ませてくわ

兎の居場所。

ひび割れた　月
逃げ出す　　兎
ブランコに乗って　地上までの孤独な旅を

けれど地上は血の海と化していた

孤独な兎の行き着く場所を奪ったのは
だぁれ？

リストカット。

閉ざされた記憶
胸の奥でグンニャリ刺さった
痛くて　痛くて　痛くて　痛くて
溢れる言葉と涙は無限に枯れはしない

臆病な精神　　　　　　　夢に逃避
この手首を伝って　何もかもが証となるなら,,,
痛み麻痺状態　　　　　精神錯乱状態
(嗚呼、私は病んでいるんだァ‥)
心の底で理性が呟く　否定的態度はもう遅かった
コンクリートにぶつけた破片が物語る

誰を　想い　何を　求め　何を　失くし　何を　得た
溢れ出る危機感　　滲み出る焦燥感

淦《アカ》い赤い記憶は、深い心の中に閉じ込めて
そして私が私でナクなる前に、
きちんとロックしておかなくちゃ…

予測不可能な私の精神
貴方に守れるはずがない
もう逃げ場は残されてない
自分を　守って。　自分で　守って。
もう知らないから

自分で自分を…。

マネキン。

何が　　　人間らしさ
何が　　　普通のコト

動けなくて　　　　　目を開けなくて
布団かぶるしか　　　できなくて

時折見せる　　　　　無理した笑顔
人間らしさの　　　　欠片もない

心はぽこぽこ　　　　穴ぼこだらけ
落ちつかない心臓　　くだらなく動いてる
姿すべてが　　　　　許しがたい

何故にココにイル　　ドコか遠い星へ

冷たい手　　　　　　冷たい表情
イツワリ・ニセモノ・マネキン

あたしはマネキン
人間に飾られてしまっただけ
無口なマネキン
無表情なマネキン
ただのマネキン
あたしはマネキン

マネキン。

人 類 学

〔人間〕深く問い詰めれば問い詰める程

醜い生きもの・・・

人間という痛々しい枠の中で

私はどれだけ純粋でいられる…？

咲ケナイ花

いつの間にか優しさ感じられなくなってた
聞こえてくる優しい声に戸惑っては
どうしたらいいのかわからず
耳を塞いで泣いた

君達が手を繋いで横断歩道渉る頃
僕は信号の色もわからず怯え立ち止まるよ

涙が枯れないワケを散策しながら
動けない体で指をくわえて泣いてるから

空が僕を呼ぶ
土が僕を呼ぶ
優しさの意味見つける頃
心が僕を呼ぶ

なくしモノは見つけなくても
容赦なく僕を見つけだして心突き刺すから

自然が僕を引き止める

君達が夜空の星にハシャぐ頃
僕は真空の暗闇に涙こらえながら強がるよ

第三心★人間

ウィンター⑯

一度手に入れてしまった
綺麗なモノ
醜いモノ

…それら全てを自ら捨てるには
どんなに勇気がいっただろう

16の冬、
私は全てを失った。

そして誰にも手に入れられない
私だけしか見えない何かを手に入れた

生　死

人間って不思議な生き物

尊く死を待ちわびているのに

心の奥底、
そう自分さえ知らない本当の心

そこでは「生きる」を 100％望んでる

死ねるものなら死んでみなさいょ、私

言ノ葉っぱ。

言葉より大切なモノ。

言葉より儚きモノ。

真実はかくれんぼ。

確かなモノは潜んでる。

いつ現われるかもわからずに…

きっと待ち続けてるんだね。

今想ふト

忙しい日々を過ごしている時は、

「ヒマすぎるくらいの時間がほしい！」

と思うケド。。。

いざヒマすぎる日々を過ごしてしまうと、

「忙しい日々を送りたい！」

なんて思う。

人間はワガママだァ――――――!!

欲望ばっかり溢れてる

大切なモノは何一つナイくせに！

虚 言

「死にたいっ!!」って

たくさんたくさん言ってしまうケド,,,

そんなときの私は

嘘つき デス

はらぺこしるこ。

早く笑い話にならないかな。

後ろ振り向いて沢山言いました。

今日がそろそろ過去になります。

早く笑い話にならないかな。

今年のおしるこ、おいしかったよ。

甘くてあったかくて優しかった。

ねえ…　私は来年も食べられるぅ？

だから早く笑い話にならないかな。

遅刻魔

――――――――――――――……。

時間が止まってるみたい

こんな日もありマスか，ありデスよ

あら？みんな足早に何処へ？

あたしはもう少し此処に居たいのヨ。

孤独戦争

誰かに頼るナ

「寂しい…」とか言ってたって

何も変わるわけないから

だったら孤独に勝つまで戦いなさい

葛藤ループ

楽しい時間も忘れられない現実に邪魔される。

だけど
「くたばっちゃダメだよ」って自分のココロが叫ぶ。

毎日　毎日
カラダとココロと自分と時間との
葛藤と共に生きてる。

思春期パーティー

独特思春期パーティー開催デスとさ♪

悩める少女は病に犯され
無理矢理ピースサイン
魅力もナイ、つくり笑顔はもう疲れたァ
強がりなプライド
お手ての中に隠し持ってマス
—ポイ捨て禁止！—
イラナイモノはごみ箱へ♡

錆付いた心ぢゃ　ドレスも似合いやしない…
気付けば　自分の影すら亡くなってた
シリアスすぎるよ　不平等すぎたよ
(胸、ぎゅぅ…って鳴った　イタイイタイ)
イタイイタイイタイ
ハレモノ扱いは結構なコト
楽しめるもんか…心から
もう知らない
それでも生きてく理由———…!?
さぁ，なんだろぉ…
思春期だけの特権と欠点は㊙ですよ☆

ネコ、ふて寝。

なんにもなんないならなんにもしない

今は是《これ》でいい

醜い欲など捨ててしまえ

ひたすら闘う

決めたよ　決まった

奇跡は起きるよね

なぞって　　色がついて　　彩って

少しづつ形ができてく――――。

待てるタイプじゃないんだケド

毎日を明日に期待

今はひたすら

じっと耐えるワケ。

魔法の術

あーしなきゃ・こーしなきゃ・そーしなきゃ

どうして頭ん中フル回転させて
　　　　　私が私を追い込み突き落とすの

わかんないコトはいくら考えても
　　　　　　　　　　わかんないんじゃないのかい？

どうして肩の力抜けないのだい？

目を閉じて、
深呼吸して呪文唱えてョ
私が私に潰されない魔法の術

見えてしまうモノも見えないフリ
想ってしまうコトも想えないフリ

そして緩やかに時間が流れる事，ずっと待ってるよ

文　字

文字に気持ちが溢れる

だから嘘つきはバレちゃうよ

嘘も方便だってみんなゆーけど、
　　　　　　　　　やっぱり嘘つきはきらいだ嫌い，キライだァ…

こんな性格だからこんなんになっちゃうんだけど、
こんな性格だから“あたし”なんだよぉ。

きっとわかってくれる人はいるはず

許しがたい人間達よ、
　　　　　　あたしが許せるかい？

　答えは×××!?
　　　　　　　　　　　　　　　　　　　　（まずゎあたしの番だね）

地下扉

心の隙間　埋めたくて
見えない力　信じた
あるのかわからない
一筋の光　信じた

『いつかきっと輝やけるはず…』

でも…
その力や光は
私の勝手な想像でしかなかった

だから今。。

私は新しい扉を開ける
素直で　まっすぐで　確かなものにするため
この扉　開けて、
悲しみと喜びの世界へ　向かうんだ

ルービックキューブ気分

知りすぎた昨日のあたし

時間展開中今日のあたし

まだ知らぬ明日のあたし

毎日毎日キモチは変わっているのだょ

一歩さがったり
一歩進んだり
いきなり走り出したり…

そう
今、この言葉を書いてるときも☆★☆

あたしにだってわからない
　　―次にでてくるコトバ達―

だから
失望しても絶望してもなんてことないのかもね

なんてことないコトばかりの世界なんだよ

三角△情義

深く刻まれてく時間　あたしには重すぎる
「明日はきっと違いますョ」
根拠もなく適当な事思えないってばさ

刻まれるのは過去　全てが塊となる
このままでいい？
あたしん中の心配性な奴が騒めく
じゃあこれ以上錯乱を招く？

こんな日は夢に逃避
見返りなんて求めてない
だけど恐くて　壊れて　強がって
これ以上、あたしはあたしに何求めるんだい？

深く・不覚　ウツムイタ
震える手も止まらない涙も虚像なんかじゃない

今更だと思わないで
小さな手、でっかく空に向けてあげよ
その手で掴むのだよ　自分自身を

かみさま。

神様に祈り続けた長い夜

今気付いたけど

あたしの神様はあたしだよ

矛盾律。

現実を認めたくなくて

意地っ張りになる時だってある。

でもそんな自分に

寂しさを感じる時だってある。

どっちも認めてあげられたら…。

Ｂ２Ｆ化学室の空模様

憎たらしいくらい青い今日のお空です
僕はお空の隅っこ≠悲しみの隣で体育座り
それだけで震えるのに
ふわふわ雲が僕を邪魔者扱い
この空に雲なんか必要ない
そしてこの僕も必要ない
左手に握り締めた試験管に
雲を一瞬で閉じ込めるのだよ
僕をこれ以上の臨終迷子にさせる君
ぴんく色カァテンに包まって昇華してあげる♡

僕を造り上げたのはだあれ？

理想主義な空の隅っこで
僕は今日も裏悪探空（リアクタンス）を実験中
空虚な満足感を微かに笑います

不安的痛み

像亡き不安という化物
そして争う自分の魂
喉の奥に組み込まれた不安的痛み
全ては私が創り上げた透明帯
・吐き出すか
・飲み込むか

自分の涙の湖で溺れ、
濡れた心を乾かす術も知らず
答えを求められるのは自分自身のみ
今なら数学も化学も簡単に思う程
人間の心の答えとは？
どこまでが限界か、
それとも無限か・・・

無意味な事の答えを知る必要はない
自分自身の中で区別けして、
大事なものだけに欲を出せ
(そうしたら…)
不安的痛みはいつの日か
　　　　　人間的優しさに変わるだろう

ココロ✽ピアッシング

昨日は一歩さがってしまいました（*_*)
怒りや悲しみはすぐ傍にあるものだと気付いた

今日は元の場所に戻りました (^0^)/
欲望は限り無く続いているものだと気付いた

昨日の傷ついたココロ忘れないように
今日の小さな希望忘れないように

文字にして自分の記憶繋いでおきたい

悲しい気持ちも　　楽しい気持ちも
素直に感じた自分の存在すべて

振り返った時　わからなくなんないように
ひたすら生きた証を残したいョ

×ニセモノ図案×

自分の想像だけを頼りに
突き進んだ結果は、
時に霧のようなものである場合がある。

その時、
自分の勝手な判断の過ちに気付かなければ
立ち止まったままになると思った。

非基準値

全てが不自由に縛り付けられて痛い

ちっこい悩みが暖かく感じられるけど

その先には越えられないようなモノいっぱい∞∞

意味を求めてるんじゃない

正当な事なんて私には似合わナイ

基準とか平均とか普通にこだわりすぎ!?

ココロと欲求が反比例

→ ←
頭　ギュウギュウ詰め　→ ←
→ ←

いっこうに現われない満足感――――――

はみだし者の中で一体何が正しい？

意味なんかいらない

本当だけちょうだいョ！

不　眠

眠り薬が効くまでの時間、
時が止まってしまったかのような気分にナル。
(本当に時よ止まってしまえ)
耳鳴りがするムコウで小さく本音がきこえた。
さて、今日は無事眠れるのだろうか…
不安と緊張の空間（あぁ、いつもこうだよ）
だんだんボンヤリ私の頭は錯乱してくる。
—このまま夢の世界へ逃げて明日が来ても私自身何も変わる事はナイ—
イタズラっ子な私の中の私が教えてくれた。
私はリアルを求め立ち向かう。
明日はどんな色の一日を過ごすのだろう…??
ちょっとばかり慣れた痛みでさえ怖かったりする。
泣き虫小娘は臆病者。
でもその先の自分は「生きる」を追求している。
心の何処か矛盾的
音の悪い音楽がだんだん小さな音と化してくる。
きっと、こんな私で明日を迎えるんだァ…。
そう思ったらやっぱり私の中の強がりサンがやってきて
『楽しかったよ、明日も生きるよ。』
そう呟いた。
ゆらゆら夢の中へ逃避、
明日に立ち向かって「おやすみぃ‥」だってさ。

本音スクリーン。

みんなキラキラしてるようにあたしの目に映るよ

あたしはみんなからどう映ってる？

嫌がらずに教えてよ！

寸　言

ココロ　　違うよ

みんな　　違うよ・・・

日　々

昨日　　何を捨て　　何を拾った

振り返れば　数えきれない　後悔達
そして　　見えない感情　　。　。　。
少しでも　ちょっとでも　成長できたァ,,,　？
不安は　いつも
隣の席に　ひっそり座ってる
そいつが邪魔して
私を　理想通り　　動かす事ができない
それを　　なんとかかわす度
私の中で　〔何か〕　生まれる

明日　　何を捨て　　何を拾う

先を予測しても　　未来は変わるはずなく
それなりに　　そうそれなりに
毎日が成り立ってくれればと
切に　　願うばかりの私　　…

新視野

人間わ欲望が無限大

だから
幸せを身近に感じられない

これが現実

もっと見つめて。

―風船神様―

風船　バチン！　割れた　何故に？
欲膨らむ　不安膨らむ　恐怖膨らむ
空飛べず　割れた風船
しゃぼん玉羨む　哀れ風船
先見すぎた　夢見すぎた　見返り求めすぎた

もう一つの風船　あの丘から　飛ばそ
次はきっと　割れないから
届く　伝う　叶う
君が想う　越えない想い

すべてを一気より　すべてを一つ一つ
与える神様
風船飛ぶまで　焦らず祈るよ
焦らず神様
空が求める頃　あたしを呼ぶ
お知らせ神様

風船　いっぱい
時間　いっぱい

いつの日か　あの丘で
君が飛ばした風船　受け取る
裏切らない神様

にげみち

怖いから逃げたわけじゃない

生きようと思ったから逃げただけ

共感批判チェーン

こうして今はサラサラと流れて過去っていう形になってく
その今と過去とやらを想うとひたすら涙するしかなく
アタシの重ったるい体は動こうともシナイ…

側にはやたらと効かナイ薬　けだるく散らばってる
アタシはそれを見つめて「気休めにもなりゃしないじゃんョ…」と、
愛すべき音楽を聴きながら小声で囁き
タダ薬を睨む――――/\/\/\/\――――…。
こうやって時が過ぎて・こうやって道を外れたアタシが、
完璧主義者を崇拝して　何もカモに反抗的態度

こうして喉の奥に溜まった理屈を吐き出す
そんな今も過去というひとまとまりにされていく
きっと一生伝わらないだろう　この精神的苦痛
だけどこうするしか手段がない
不特定多数の誰かに　アタシの心を訴える
批判され　バカにされ　時に共感を得て
それで成長していければいいと　ただ願うしかなくて
見えない何かを得たと　不安抱えながら信じるしかなくて

特別でもない今日というものをサラサラと終わろうと思うよ

照らす☼テラス

夏をイヤなくらい感じさせる
　　　　　　　太陽の下の私の存在
なるべく影を辿って歩きました

私のココロには穴がぽっかり空いてる気がした

でも　私を追う私の影のココロ、
　　　　　　　穴なんか空いてなかったよ？

思い違いだったみたいデス

太陽が私を照らすと
　　　　　　　私はスポットライトを浴びてるワケだけど
そんな私が輝いているのかは
　　　　　　　　　　　　　　　　　　　　　　謎のまま。

夜行性・蛍

右・・・？
左・・・？

蛍　　　　　輝く夜道
あたい　　　騒つく悩み道
二つに一つ　別れ道

右も左もお構いなし
あたい　気楽に造った　曲がりくねった道

駆け抜けた

夜明けが見えてきた
あのブランコに乗って　太陽大歓迎

立ちコギ、ぎーぎぃ　蛍さんまた明日

夜道を呼ぶ脳は蛍と一緒に林へ帰る

現われては消える想い達ょ、
　　　　ブランコにこがされて
　　　　　　　　脳に焼き付けて。

季節ゴコロ。

ほのかな寒さと
微かな虫の音が
小さなこの心をギシギシと締め付ける、
今日この頃です

季節の変わり目が教えてくれる事は
優しい事だけじゃないってわかってる
だけど,,,
本当にいろんな情景が鮮明に映し出されてて
思わず心の目、背けた
もうこの想いにも慣れてきていい頃なのにね
なんて強がってみた
何度目かの嘘です、
まだまだ痛い私の心

どうしても消える事のない
過去の想いへの葛藤に
負けない自信を今こそつくらなくちゃねって
自分に願った

季節と共に彩られる私の心は、
いつ完成するのだろう

僕の魂

カラッポのココロなのに

絆がほしい

カラッポのココロだから

絆がほしい

究極の選択

穏やかな日常
少しあたいにゃ　　ものたりない
錯乱的日常
少しあたいにゃ　　刺激的
何処だ？　　矛盾は
何だ？　　望みは
真っ暗闇の世界に踏み入れてるその片足の意味は何？
もったいぶるのはどうしてさ
何故に諦めきれない
夢をもっと見たい
幸せを感じたい

矛盾　　　　**矛盾**　　　　**矛盾**

あたいの生きる場所はどっち
二つに一つ
こっちへおいで
あっちへおいき
考え疲れた頃に辿り着くさ
本当に望んだ場所
おいで　　あと一歩
おいで　　生きるべき場所
開ける扉
あたい次第さ

本物ブランド

あたしがもし誰かをマネッコしても、

その誰か以上の人間にはなれやしない。

自分は自分にナルべきです。

ニセモノの自分で生きないで、

ホンモノの自分として生きるべきです。

赤ランプ。

光が灯ってるうち

幸せは、みな透明色
目で見るんぢゃないココロで見えるもの

原色な不幸が訪れると、幸せは心から消え逝く

幸せが不幸に勝つぐらいの
ココロの強さを…

光が灯ってるうちに

リアルしゃぼん

しゃぼん玉　　　割れた？

心と共に　　　　残骸も亡く

あたしの耳・胸・喉の奥

こうしていつも　こうして跡形もなく

痛みを伴い　割れて逝くモノがある

そのぶんだけ　生まれくるモノもある

あたしのしゃぼん玉

割れたんじゃない

姿を眩まし

またあたしの前に舞い降りるのよ

ボロ革靴

ボロ革靴履いて塀を飛び越え街に出るよ
孤独，孤独に
すれ違う人間、太陽のエネルギィ吸い込んでは笑った
指をくわえて見ている私の視界に砂嵐
白昼の真夜中現象
だけど　ここで帰ったら　サイコロ振出し

柵を壊して　　　針金裂いて
ココに来るよ　　ココに私を現せる

ゴミだらけの街並
見ないで眼球で　　見つめて♡のレンズで

ボロ革靴がコンクリート鳴らす
強がりの象徴？

合図の鐘の音を待ってた、ずっと
いつになっても鐘の音なんか聞こえないよ
わかったでしょう
底に居ないで　　ココまでおいで

その強さで塀越えたら
その弱さに舞い降りる奇跡あげる

「君」ト「僕」

僕は君を唄う
ココロとココロ，触れ合おぅ――…。

きっとずっと
数えきれない痛みを抱えてる君です
何かに怯えながらも、
ひたすら生きてる君なのです
その姿、僕のココロに生きる力くれるのよ

永遠に永遠に
変わらない優しさを
両手いっぱい抱えてる君です
おかげで、僕は人間を愛せるのよ

君と僕，ギュッと手を繋いで
夢　☆叶えよう
沢山☆笑おう
幸せ☆掴もう

至純の心と共に祈るよ

きっと不器用な僕
それでも僕は唄う
僕は君を唄う

僕のココロ，君に届け☆

ぬいぐるみの詩《うた》

言葉　なくても　交わせる　言葉

無表情　でも　笑ってる

大事にしてくれるぶん　大事にするよ

いらないモノだけ　切り離して

ドレミファ#ピアノ

あったかい音声

本当は優しいんぢゃないかと思うョ。

あたしだけかもしんないけど

好き…と思うョ。

飛べなくても

変わらないココロ

最期まで残るのはあたしだけかもだけど

心　ギュウ…ってなるの変わらないから

ずっと待ってるよ

リスペクト人間。

ヤンキィちっくなヘヴィースモーカァ（推測）

あたしの小さなココロに

強くて優しい言葉ズバッと突き刺す

素直なあたしは笑顔取り戻す

（あたしもあんな人になりたい！）

一つの偶然の出会いが
　　　　　大きな奇跡起こす

謙虚な眼差しから
　　　　　自信家の光見つけたァ…！

ありがとうの想いを貴方に
ずっとずっと感謝を誓い。

華の命。

汚れた花
枯れた花
葉がちぎれた花
花びらが散った花
――――――――――…。

命とは儚く
生きる力とは凄まじい

醜い姿でも
いつまでも花の姿でいたいと願う

いつの日か散って逝ってしまっても
その純粋な想いなど
バラバラになんかならないから

すぺしゃる★さんくす

お父さん	お母さん	おじいちゃん
おばあちゃん	丸山先生	紗矢佳
さゆりちゃん	れいちゃん	のぶごん
ひとみちゃん	祐子ちゃま	絵美つぁん
美奈ちゃん	弘一	ショウゴ
茂樹	あつし	みほ

文芸社のみなさん＆

私のコトバを読んでくれたアナタ☆

感謝の
キモチと、
ココロを込めて♡
エリカょ、、、おつかれさん★

著者プロフィール

内田 エリカ（うちだ えりか）

埼玉県出身
1984年10月29日生まれ

☆☆☆☆☆☆☆☆☆☆☆☆☆☆☆☆☆☆☆☆☆☆☆☆☆☆☆☆☆☆☆☆

メールアドレス
noraneko_rock555@hotmail.com
↑ エリカのホームページURLを ↑
↑ 知りたい方・感想・意見 ↑
↑ などなど お気軽に ↑
↑ メールください♡ ↑

のら猫 メランコリィ

2003年3月15日 初版第1刷発行

著 者 内田 エリカ
発行者 瓜谷 綱延
発行所 株式会社文芸社
〒160-0022 東京都新宿区新宿1－10－1
電話 03-5369-3060（編集）
03-5369-2299（販売）
振替 00190-8-728265

印刷所 図書印刷株式会社

ISBN4-8355-5284-9 C0092